걱정하지 마라

# 걱정하지 마라

글배우

답

# 목차

# 머리말

지난 5년간 의류사업을 하며 가게를 3번이나 접고 큰 수술을 받으며 많은 걸 잃었다 생각했는데 정말 소중한 것을 깨닫게 되었습니다.

완벽한 행복을 기다리며 지금에 다가온 작은 행복들을 놓치지 말 것.

살면서 정말 좋은 일은 몇 번 오지 않을 수 있지만 정말 많은 것을 좋아하며 살 수 있다는 것.

그렇게 부족할지라도 지금의 작은 행복들을 담아가며 인생에 행복을 채워 갈 것.

지난 5년간 참 행복하지 못했습니다.
많이 걱정했고 크고 작은 고민들로 하루하루를 보냈습니다.
돌이켜보면 그 순간에 정작 아무 일도 일어나지 않았는데 주어진 소중한 것들에 집중하지 못한 채 미래만을 생각했고 행복을 미루었습니다. 행복이란 정말 특별하고 좋은 일이 생길 때 완벽한 순간에 할 수 있으며 원하는 것을 이루고 뜻대로 일이 풀려야만 할 수 있다고 생각했습니다.
그리고 시간이 지나 과로로 쓰러져 폐를 수술하게 되었고 결국 미루고 기다렸던 완벽한 순간의 행복은 오지 않았습니다.

어쩌면 완벽한 순간의 행복은 앞으로도 오지 않을 수도 있다는
생각이 들었습니다.
그래서 부족한 지금일지라도 이 순간에 주어진 작은 행복들을
좋아하며 살기로 마음먹었습니다. 지금까지 분명 힘들고
지친 날도 많았지만 작은 것에 행복하고 좋을 수 있다면 남은
인생도 좋을 수 있다 생각하며 그리고 저와 같이 작은 행복을
놓쳐 지쳐계신 모든 분들께 이 시를 바칩니다.


글배우 올림

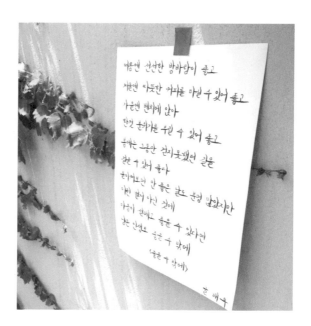

저녁

"지치네요...
무언가 다시 시작할 용기가 안 나요"

"지쳤다면
꼭 지금 무언가를 다시 시작하지 않아도 돼요
푹 쉬세요
꼭 다시 시작할 수 있는 용기가 생기게"

시작만 있었네

끝은 없고

〈욕심〉

쓸모없는 바위에 앉으니 의자가 되었다

쓸모없는 벽에 기대니 위로가 되었다

이처럼 세상엔

쓸모없는 건 없었다

아직 쓰여지지 않은 것만 있을 뿐


〈아직 쓰여지지 않은 너에게〉

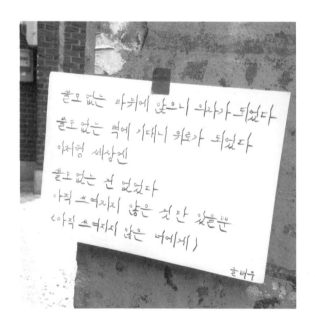

괜찮아요

잘 못한 건 잘못한 게 아니니깐

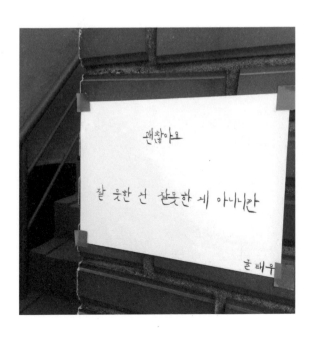

그대의 오늘 지친 발걸음이

내일을 더 빛나게 해줄 발걸음이 되길

밤에 잠이 안 온다

낮에 너를 봤거든

20

하루 살기도 벅차면서
무슨 꿈이냐는데
생각해보면 우리는
하루가 아닌
인생을 사는 거니
꿈꿔 볼 만하지

〈꿈〉

공부가 조금 늦어도
졸업이 조금 늦어도
취업이 조금 늦어도
다 괜찮다
그렇다고
인생에서 늦은 게 아니니깐


〈다 괜찮다〉

빛을 보기엔 늦었다길래
창밖을 보니
어둠이 몰려오고 있었다
늦었구나 생각했는데
생각해보니
달빛은 이제 시작이구나


〈아무것도 늦지 않았다〉

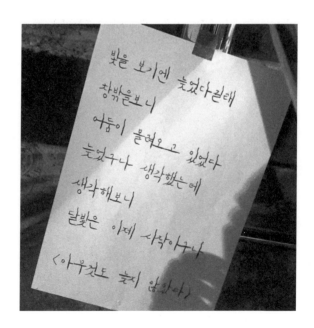

매일 힘든 일로 우리는 깜박한다

매일 좋은 일도 있었다는 걸

과거를 후회하는 동안

오늘도 과거가 되었다

우린 참아야 한다고 배워

힘든 걸 참고

괴로움도 참고

하고 싶은 것도 참아


결국

행복을 참게 되었다


〈참는 것〉

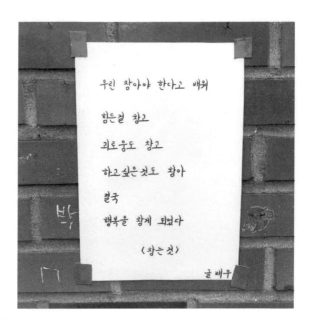

비 온다

너는 안 오고

뭘 바꾸는 건 쉽다

날 바꾸는 게 어렵지

공부를 많이 하면 공부가 늘고
운동을 많이 하면 운동이 늘고
요리를 많이 하면 요리가 느는 것처럼
무언가를 하면 할수록 늘게 된다
그러니
걱정하지 마라
더 이상 걱정이 늘지 않게


〈걱정하지 마라〉

세상은 쉬어갈 틈 없이 바쁘지만

인생은 쉬어가도 괜찮은 거란다

이름:
고민: 저는 중국 뮤지컬 배우 입니다.
지금 한국 유지컬 대사를
공부하고 있어세요. 근데 받미 "ㄹ"
안 살해요. 매일 딸 심히 하는데
아직 못해요. 왜? 중국받중에서
"ㄹ"는 없어시 그래요. 이거 내
고만 있다.

아직 "ㅂ"는 안해라한야.
한만만 공으로 이루어지면

이루길 바라는 간절한 꿈이

완전한 꿈으로 이루어지길

기억력이 좋지 않아

3년 전 그 일이 잘 기억나지 않고

2년 전 그 사람이 잘 기억나지 않고

1년 전 그때가 잘 기억나질 않습니다

그래서 참 다행입니다

잊을 수 있다는 건

〈참 다행입니다〉

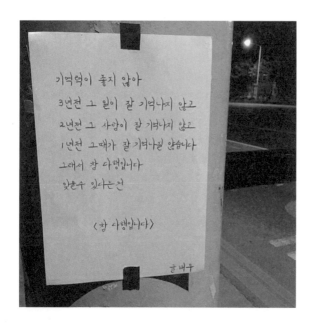

지나친 걱정
지나친 고민
그러다
지나쳐버린 행복

시간이 지나면 모든 것이 변한다

노력은

꿈으로

우린

늘 변하길 바래요

늘 시도하지 않은 채

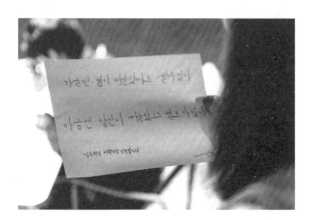

하늘엔 별이 떠올랐어요 셀 수 없이

마음엔 당신이 떠올랐고요 별보다 많이

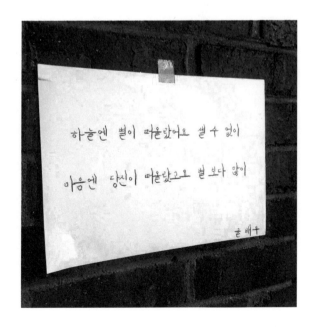

젊은 사람은 못하는 게 많습니다

그러나 못할 것이 없습니다

젊은 사람은 해야 할 일을 미룹니다

그러나 하고 싶은 일을 먼저 하는 것입니다

젊은 사람은 실패를 옆에 둡니다

그러나 성공이 눈앞에 있다는 걸 압니다

젊은 사람은 쉽게 변합니다

그러나 변화를 주도하는 것입니다

젊은 사람은 걱정이 많습니다

그러나 친구에 걱정을 많이 합니다


그러고 보면

젊은 사람은 참 괜찮은 사람입니다          〈젊은 사람〉

아무리 먹고 싶은 것도
먹고 나면 별거 아니다

아무리 재밌는 것도
보고 나면 별거 아니고

아무리 좋은 옷도
입고 나면 별거 아닌데

아무리 좋은 너는
만나보니 이제 나의 별이다

〈별〉

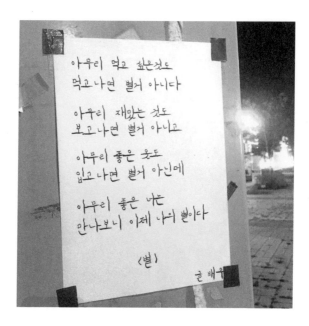

살다 보면 정말 열심히 해도 잘 안될 때가 있다
그래도 포기하지 말자
그건 잘 안되는 게 아니라
잘 되기 위한 과정이니깐

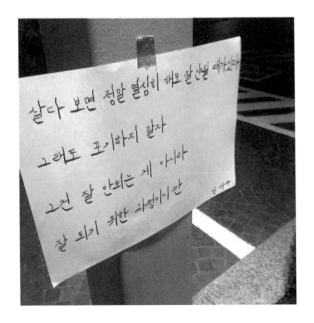

원래
밤에는 별이 뜨고
낮에는 해가 뜨는데
요즘은
온통 당신만 떠오르네요

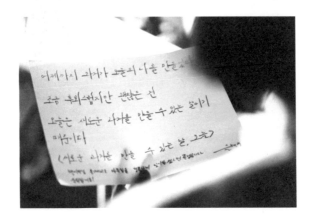

46

어제까지 과거가 오늘의 나를 만들었다
조금 후회스럽지만 괜찮은 건
오늘은
새로운 과거를 만들 수 있는 날이기 때문이다


〈새로운 과거를 만들 수 있는 날, 오늘〉

넘어져 옷이 찢어지고 상처가 났다
괜찮다 갈아입으면 되니깐
그런데 가끔은
옷처럼 마음도
갈아입을 수 있었으면 좋겠다
마음에 난 상처는
잘 낫지도
괜찮지도 않으니깐

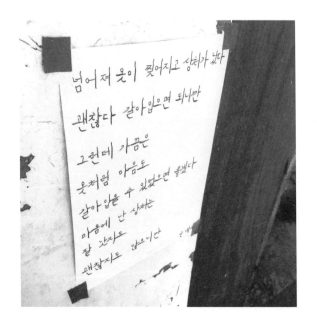

꿈같은 사랑이었네

이별도 꿈이었길

나를 이해 못한 그가 서운한 건

내가 그를 이해 못했기 때문 아닐까

유난히

기댈 곳 없는 하루

기대고 싶은 하루

우리 서로 방향은 달라도

우리 사이 방황은 없기를

바람이 지나가듯

아픔도 지나갈 거예요

어둡다고 걱정 마라
밤이 온 것일 뿐이니
쌀쌀하다고 걱정 마라
새벽이 온 것일 테니
피로하다 걱정 마라
아침이 온 것이니
그렇게 그냥 흘려보내자
힘들었던 건 모두

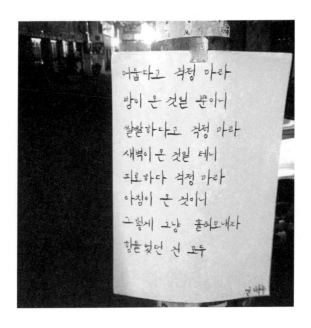

꿈이 어렵다는 건 도전 중이라는 것

꿈이 없다는 건 도망 중이라는 것

뭔가를 잘하는 것만큼 중요한 건

뭔가를 잘하지 못한 자신을 위로해주는 일이에요

오늘밤 고민은 잊으세요

내일로 걱정이 잇지 않게

분명

빛날거야 너는

더 밝게

더 환하게

나쁜 사람은 다가올까 무섭고

나쁜인 사람은 다가가기 무섭고

밥 먹었어?
지금 뭐 해?
전화할게
잘 될거야
괜찮아


아무렇지 않게 건넨 말이
아주 많은 힘을 건넵니다




〈아주 많은 힘을 건네는 말〉

인생은 짧대요
그러니 얼른 돌아와요
짜증에서
고민에서
웃으면서

외롭단 생각이 크게 들었다
일이 어렵단 생각도 크게 들었고
미래가 걱정된단 생각도 크게 들었다
그래도 지치지 않기로 했다
나를 따뜻하게 응원해주는
작은 소리도 들었기 때문에

〈힘내요〉

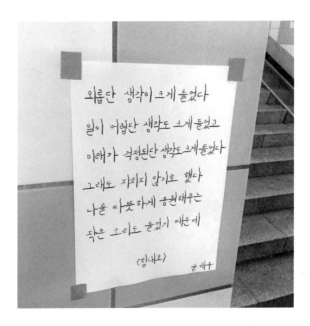

늦었다 생각이 들면
더 빠른 아침을 맞고
더 늦게 밤을 보내라
하루에 시간은 똑같지만
하루를 사는 시간은 다를 수 있다

부족한 이력서라고 실망 마세요
당신이 사람들에게 즐거움을 주고
주위 사람들에게 작은 감동을 주며
부모님의 마음을
따뜻하게 했던 일들은
이력서에 쓰지 못했잖아요?
그러니
부족한 이력서라고 실망 마세요

〈이력서〉

옛날엔 비 오는 날을 좋아했는데

이젠 당신과 함께 있는 날을 좋아해요

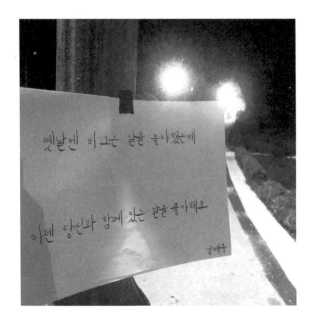

진심 없인

진실 없지

고민: 입시가 한달 남아서 불안해요. 평범하고

-이준-

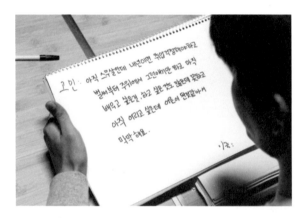

고민: 아직 스무살인데 내년이면 취업걱정해야하고
벌써부터 주위에서 그런얘기만 하고 아직
배우고 싶은게 ,하고 싶은것도 많은데 못하고
아직 어리고 싶은데 어른이 되어버릴까봐
막막해요.

-이준-

고민:
좋았고, 힘들고, 많이 배우고, 웃음도 많고,

-이준-

고민:
인간관계에서 정신적 데미지 관리

고민: 지금 하고 있는 일이 욕심과 마음가짐으로
너무 지치고 힘든것 같은데 다음 일로
이직을 해야 하나 바램과로 해야겠죠앞날
새로움을 얻어 가는게 답답하네요.

답: 일요정

고민: 요번 시험들을 준비하면서 느꼈습니다.
정말 최선을 다한 것인가에 대해...
그리고 1년을 기다려 공부하면서 10개월이
어쩌면 짧았다... 저의 아쉬운 저의 아쉬움을
자신에게 좀 알리며 여쭐고
좀 더 나아가 발전하겠어요.

71

지금까지

행복하지 못 했다 해도

우울하기만 했다 해도

아무 꿈이 없었다 해도

당신은 오늘

최고로 행복할 수 있고

최고로 많이 웃을 수 있고

최고로 멋진 꿈을 가질 수 있습니다

오늘은

늘 있던 날들 중 하루가 아니라

늘 없던 새로운 날들 중 하루이기 때문입니다

〈오늘〉

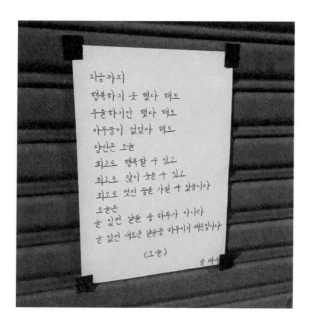

두려움은 끝내자

도전은 꿈나라니

출근길
많은 사람들이 붐벼 힘들다는
사람도 있지만
그 붐빔 속에 있지 못해 힘들다는
사람도 있으니
우리는 이래저래 힘들 수밖에
없는 것 같다
그러니 이래저래 힘내는 수밖에

힘들지 않은 사람 없지만
힘내지 않은 사람 없기를

〈출근길〉

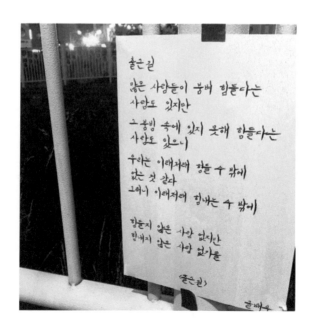

안될거란 주위의 고정관념은

꼭 될거란 너의 곧은 신념으로 깨뜨리길

아침은 달콤했어요
점심은 따뜻했고
저녁은 아름다웠어요
오늘 하루 그랬어요

〈당신과 함께 있으니〉

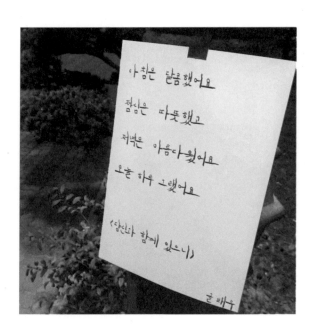

남의 눈치만 보았네

나의 가치는 못 본채

잠깐 봐도 좋네요

맘은 오래 남으니

지금 바람아 좀 불어줄래

지친 마음이 좀 풀어지게

소중한 것에 정성을 다한다
농부는 곡식에게
부모는 아이에게
동물은 새끼에게
이게 우리가
모든 사람에게
정성을 다해야 하는 이유다
사람은 모두 소중하니깐

당신만 바라볼래요

당신 맘 받아볼 수 있게

네 마음에 나 있길

이 마음에 너 있듯이

매 순간 설레이고 두근거려요

당신과 함께한다는 것은

외롭다 생각이 들 땐
마음속 떠오르는 사람에게
전화를 걸어보세요
그 사람도 지금
당신 전화를 기다리며
외로워하고 있을지 몰라요

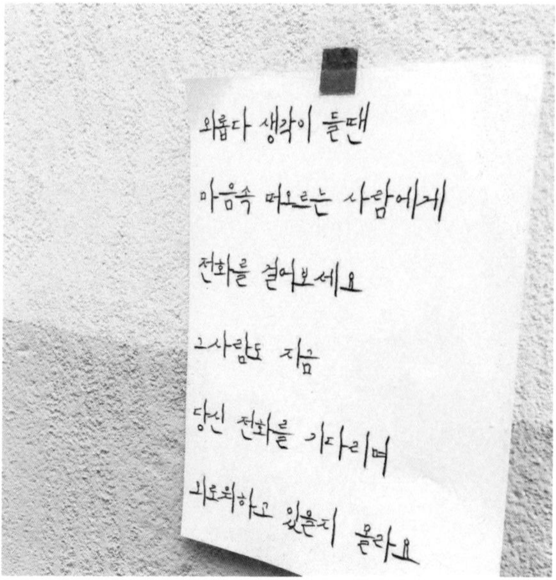

네가 가고자 하는 길 어두워도

네가 가는 뒷모습은 빛이 난다

가진 게 한 개 없어도 걱정 마

너에게 한계란 없으니

식당 주인은 좋은 요리를 만들기 위해 노력하고
옷가게 주인은 좋은 옷을 팔기 위해 노력하고
커피숍 주인은 좋은 커피를 만들기 위해 노력한다
이처럼 주인이란
자신의 것을 더 가치 있게 만들기 위해 노력하는
사람이다
인생의 주인인 너는 오늘 어떤 노력을 하였는가?

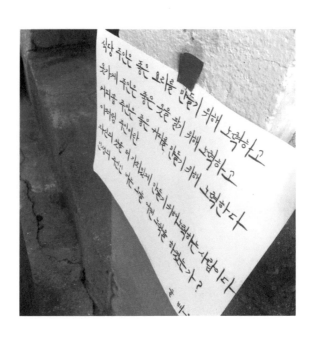

겨울바람은 차고
봄바람은 따뜻하다
그러나 생각해보면
바람이 차고 따뜻한 게 아니라
어느 계절과 함께하느냐에 달라진다
그러니
차가움 속에 있는 추운 바람들은
따뜻한 곳으로 돌아와
따스한 바람이 되었으면 좋겠다


〈가출 청소년 아이들에게〉

이미 엎질러진 물은 담을 수 없지만

이미 엎어진 너는 다독여 줄 수 있지

너는 손을 잡았고

나는 맘을 잡혔다

수많은 각오를 했네

한 번의 행동을 할걸

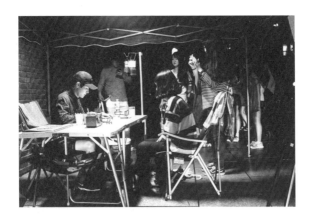

아픈 날 만나도
좋은 널 만나서
웃을 수 있게돼

잘하지 못했다고 자신을

미워하고 있지는 않은지

원망하고 있지는 않은지

가장 힘들어할 자신을

가장 힘들게 하고 있지는 않은지

걱정되네요

자신을 한 번 꼭 안아주세요

괜찮다고

여기까지 온 것도 잘한 거라고

앞으로 더 잘할 수 있다고

그동안 고생한

〈자신을 한 번 꼭 안아주세요〉

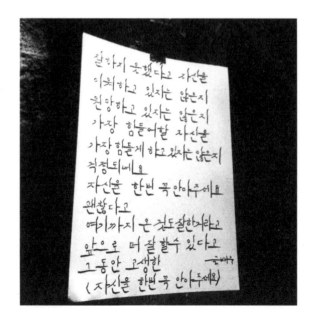

위로받고 싶은 날이었네

외롭고 싶지 않은 날이라

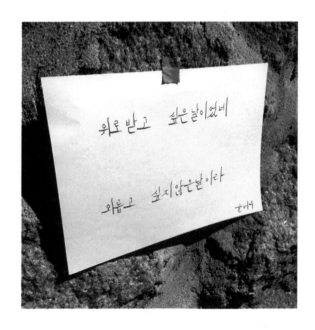

아
침

저는 당신이 얼마나 불안한지
저는 당신이 얼마나 고된지
알아요

하지만 이것도 알아요
당신이 멋지게 이겨낼 거라는 걸

인생은 한 번이지만

행복은 셀 수 없기를

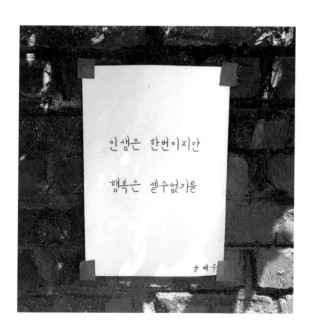

하루 종일 흐트러짐 없이 서 있는
나무는 힘들지만
나무가 되고 싶어 씩씩하게 버텨낸다
무언가 되기 위해 너도 분명 힘들겠지만
씩씩하게 버텨내자
멋진 나무가 될 수 있게


〈나무〉

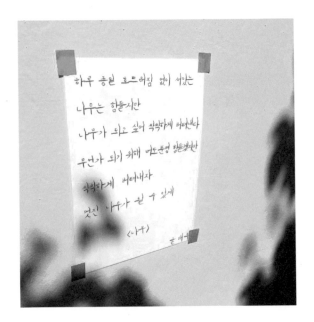

매일 좋을 순 없지만

매일 웃을 순 있지

노력을 바꿔봐요

실력을 바꾸기 위해

생명을 밝게 비추는 햇살처럼

주위를 밝게 비추는 네가 되길

110

세상은 호락호락하지 않다

괜찮다

나도 호락호락하지 않으니깐

마음처럼 되는 게 하나도 없어요
그래도 계속해보려고요
마음처럼 안돼도
노력처럼 될 수 있게

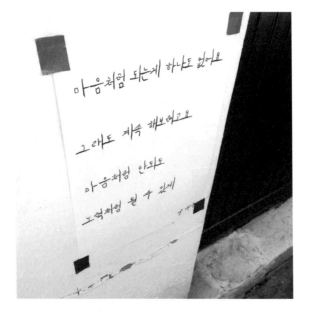

운이 좋으면 기회가 오지만

땀이 좋으면 기회를 잡을 수 있어요

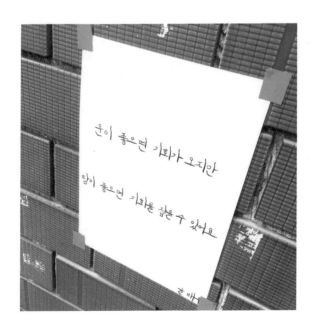

아침이 밝은 건

당신의 미소가 밝아서예요

세상에 쉬운 건 없다

그러나 못할 것도 없다

외모가 보통이라도
직장이 보통이라도
능력이 보통이라도
당신은 보통 사람이 아닙니다
분명 누군가에겐
아주 특별한 사람입니다


〈특별한 사람〉

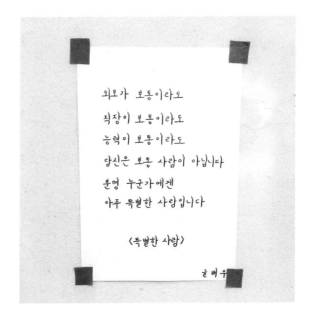

희망은 구름 같은 것
우울한 날엔 찾기 어렵지만
밝은 날엔 늘 곁에 머물러 주는 것
그대 밝은 마음이길
희망이 늘 곁에 머물 수 있게

만 원이 있다고 행복한 게 아니지만

만 원으로 맛있는 걸 먹으면 행복합니다

쉬는 날이 적으면 행복하지 않지만

쉬는 날 좋은 사람과 함께 있으면 행복합니다

잠을 많이 못 자면 행복하지 않지만

잠을 줄여 이루고 싶은 일을 할 때 행복합니다

이게

우리가

가진 게 부족해도

행복할 수 있는 이유입니다

〈행복할 수 있는 이유〉

너를 생각하는
내 좋은 마음들이 전해져
너의 하루가 오늘
좋았으면 좋겠다

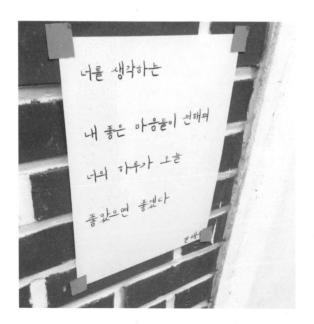

인생은
속도보단
방향이고
방향보단
시작입니다
일단 시작하세요

더 나은 오늘을 위해

더 나인 오늘로 살아봐요

인생에서

매일 새로운 해를 볼 수 있다는 건

매일 새롭게 도전해볼 수 있다는 것

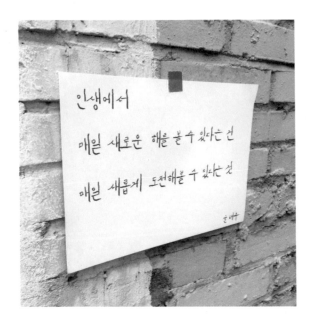

현실은 언제나 꿈과 다르죠
그래도 다행인 건
우리는 노력을 통해
현실을 꿈으로 만들어갈 수 있어요

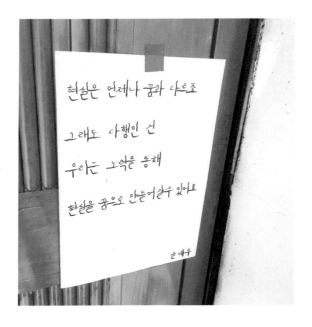

부자란

곱하기를 잘하는 사람이 아니라

나누기를 잘하는 사람이 아닐까



〈그래서 우리는 모두 부자가 될 수 있다〉

아침에는 좋은 생각만 하기

하루에 시작이기에

점심에는 따뜻한 일들만 담으려 노력하기

하루에 과정이기에

저녁에는

일어나길 바라는 기분 좋은 상상만 하기

하루에 끝이기에

이렇게

하루의 행복을 잡아

인생의 행복을 놓치지 말길

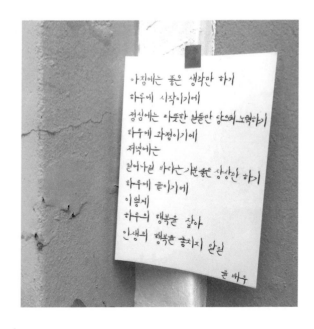

우린 모두

꽃을 피울 수 있다

아름답다는 건
그 자체만으로도
눈부시게 빛이 난다는 것
그래서
너의 노력은 늘 아름답다

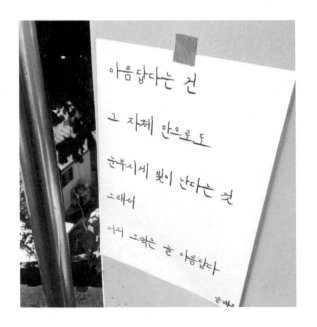

할 줄 아는 게 아무것도 없다 하는데

시작한 게 아무것도 없는 것 아닐까

칭찬은 어떤 위로와 격려의 말보다

더 큰 힘이 됩니다

그래서 페이스북에 힘내요가

아닌 좋아요가 있는 건 아닐까요

지쳐있는 옆 사람에게

말해주세요

당신이 오늘도 참 좋아요

〈좋아요〉

지저분했던 모습은
오늘 정리해서 바꿀 수 있다

우울했던 기분은
오늘 친구를 만나 바꿀 수 있다

미루기만 했던 일은
오늘 시작으로 바꿀 수 있다

그렇기에 우리는
못난 어제의 모습에 실망하지 않아도 된다

나를 바꿔줄

〈오늘이 있기에〉

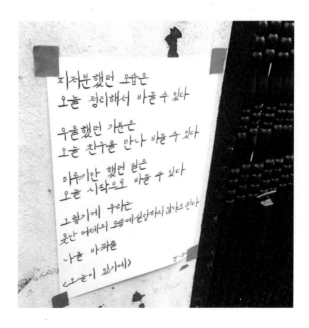

행복한 인생을 살기란 쉽지 않지만

행복한 오늘을 사는 건 할만하지

시간이 없었음을 탓하지 말자

변명이 있었음을 탓하자

풀벌레 소리에 웃어보세요

당신 웃음소리에

더 많은 사람이 웃을 수 있게

남들과 비교할수록 뒤처진 것 같지만
뒤처진 게 아니다
잠시
감춰진 거지
앞으로 너의 좋을 날들이

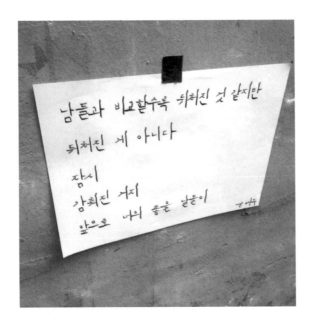

구겨진 옷이 활짝 펴질 수 있는 건
뜨거운 다리미 견뎠기 때문이야
뜨거운 시간 견디자
네 꿈 활짝 펴지게

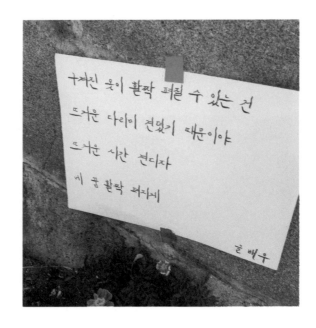

보잘것없는 사람은 없다

아직 보여주지 않은 사람만 있을 뿐

언제 봐도 좋은 사람

어제보다 좋은 사람

흘러간다는 건
잡을 수 없다는 것
담아 둘 수도 없다는 것
그래서 우리는
지금 이 순간을 즐겨야 된다
인생은 너무도 빨리 흘러가기에

미래의 나도 소중하지만
오늘의 나도 소중한걸요
좋아하는 음악을 듣는 것
좋아하는 거리를 걷는 것
좋아하는 하늘을 보는 것은
오늘의 나에게 양보하세요

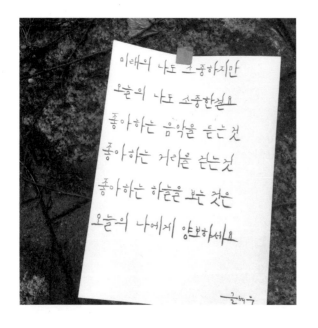

점
심

나에게 소중한 사람은
대단한 능력을 지닌 사람이 아니라
함께 밥을 먹고 전화를 걸고
오늘의 이야기를 나눌 수 있는 사람이었다

웃으면 복이 온다는데

웃으면 네가 오면 좋겠다

가까워진 게 맞다

아까워진 게 없으니

아는 것이 힘이다

널 알고 힘이 나니깐

처음의 설레임도 좋았지만

지금의 든든함도 참 좋은걸

눈을 감으니 세상이 깜깜해졌다
다시 눈을 뜨니 세상이 밝아졌다
변한 건 없는데
내가 마음먹기에 따라
세상이 깜깜해지고 밝아졌다
세상을 살아간다는 건
비록 마음먹은 대로 되진 않겠지만
세상을 마주하는 마음만큼은
마음먹은 대로 될 수 있었다
밝고 환하게
오늘의 세상과 마주하자

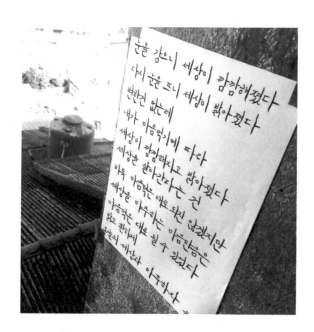

너무 잘 하려고만 하지 마세요

지금 잘 하고 있으니깐

오늘

봄바람 가벼운 것처럼

네 발걸음도 가볍기를

봄이 왔네 일 년에 한번

네가 왔네 평생에 한번

비가 내리는 날은
너와 우산을 쓰고 싶다
해가 뜨는 날은 너와
공원을 걷고 싶다
밤에는 너에게 전화해
오늘 얘기를 들려주고 싶다
분명 사소한 일들이지만
너와 함께하면 특별한 일이기에
사소한 것까지 너와 함께 나누고 싶다

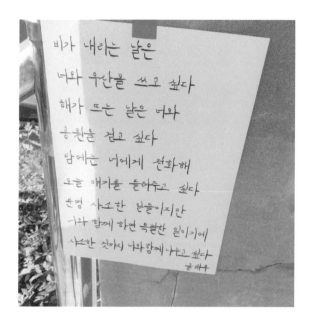

공기가 있어 숨을 쉴 수 있고
땅이 있어 생명이 자라고
물이 있어 메마르지 않지만
너무나 당연한 것이기에
우리는 소중함을 잊고 살아간다


〈부모님의 사랑처럼〉

우리 좋은 말만 해요

말이 씨가 되어

맘은 꽃이 될 수 있게

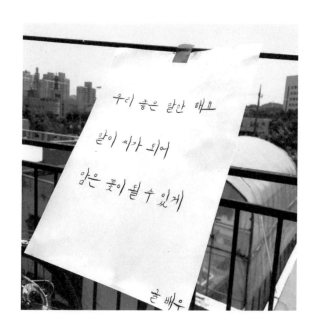

우리는 인생에서

많은 사람을 이기기 위해 노력하지만

정작 많은 사람을 이겨도 행복하지 못한 건

만족할 줄 모르는

자신은 이기지 못했기 때문이다

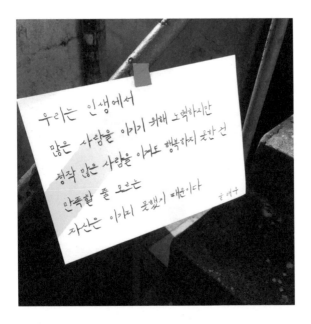

내 못생긴 글씨도

네 이름을 적으니 예뻐 보인다

일에 치여 연애할 틈이 없어요
혼자 있는 게 편해 연애 안 해요
중요한 시기라 연애하면 안 돼요
상처받는 게 싫어 연애 못 해요
근데 그 사람이랑은 연애하고 싶어요
그게 사랑이네요

잠시만
급하게 하던 걸 멈추어라
고개를 들고
옆을 보고
앞을 보고
뒤를 돌아봐라
네가 급하게 하려는 일보다
너를 더 급하게 찾는 사람이 없는지
가끔 멈춰서
주위를 둘러보아라

옷은 단정할 때 예뻐 보여요
꽃은 봄에 예뻐 보이고요
구름은 날씨가 맑을 때만 예뻐 보이는데
어쩜
당신은 늘 예뻐 보이네요

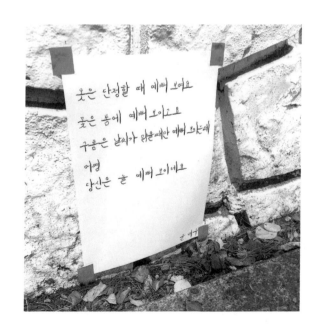

세상에 못난 사람은 없더라

못난 줄 아는 사람은 있어도

세상은 쉬어갈 틈 없이 바쁘지만

인생은 쉬어가도 괜찮은 거란다

많은 생각은 답을 주지 않는다

더 많은 생각을 줄 뿐

인생에서 가장 가치 있는 건

항상 같이 있어준 너

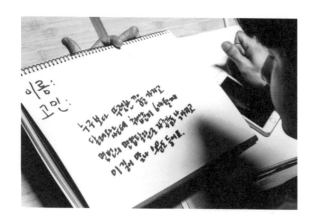

175

쉬어갔으면 좋겠다

아픈 만큼 성장하는 게 아니라

아문만큼 성장하기에

마음만 받을게

네 맘보다 좋은 건 없으니

향기롭고 따뜻해서

봄이 온 줄 알았는데

네가 온 거였구나

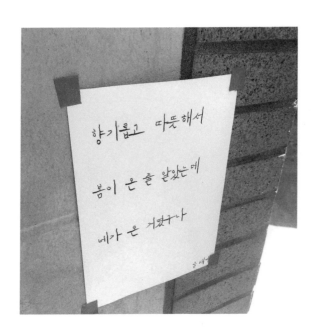

예쁜 구름이 하늘에 모였네요

예쁜 당신은 마음에 모였고요

바람이 분다길래

모래가 날릴까 걱정했다

비가 온다길래

옷이 젖을까 걱정했다

안개가 낀다길래

앞이 보이지 않을까 걱정했다

아직 아무것도 오지 않았는데

걱정했다

지금 밖은 해가 쨍쨍한데

〈걱정했다〉

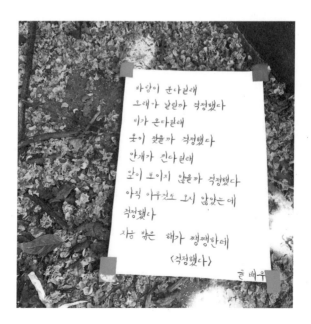

꽃은 시들 줄 알면서도 핀다
그래서 사람들은 안다
지금 피지 않은 꽃이 있다 해도
곧 활짝 필 거란 걸

〈당신 인생처럼〉

항상 위로만 가려고 노력했네

정작 위로해야 될 내 자신은 놔둔 채

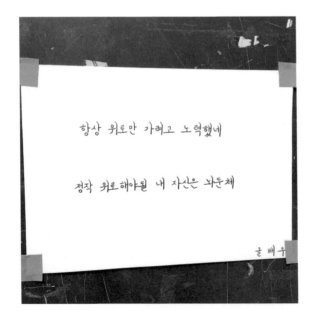

어른이 되기란 쉽지 않지만
아이는 두 번 다시 될 수 없으니
아이들에게 우리
어른스러움을 강요하지 말아요

내가 마음을 다하니

네가 마음을 다 아니

좋다

오늘은 하루 종일 바빴어요

내일도 바쁠 것 같아요

〈당신 생각에〉

편하다고 막대하면

막 대하는 너만 편하지

살다 보면 좋은 일이 생긴다

알고 보면 좋은 사람이 많기 때문에

싸워서 이기려만 했네

안아서 다독여줄 것을


〈힘들어하는 나를〉

늘 한결같지 않은 사람 되길

힘든 날들 견뎌내면

웃을 날들 가득하길

당신은 꽃이에요 누군가에

〈웃음꽃〉

우리는 무언가를 잘하기 위해 준비를 한다
운동을 할 땐 운동 준비를 하고
저녁을 먹을 땐 저녁 준비를 하고
여행을 갈 땐 여행 준비를 한다
그리고
아직 오지도 않은 미래를 걱정하며


〈힘들 준비를 한다〉

사랑은 봄이다

너를 봄

이다

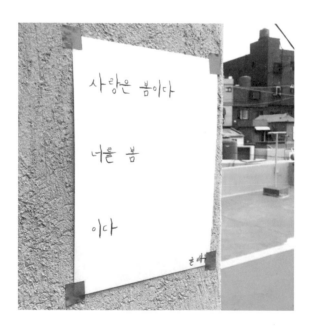

탓하세요
옆에 있는 사람에게
너 때문이야라고
내가 웃을 수 있는 건

〈너 때문이야〉

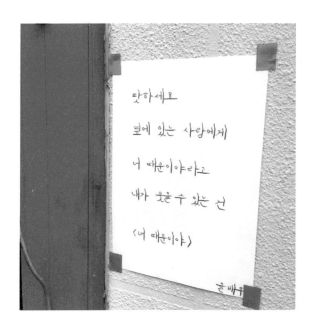

젊어서 고생은 사서도 하고

널 위한 고생은 평생도 하지

부족한 자신이라 걱정마세요

인생은 채워가는 거니깐

다이어트 하기로 했으면

마음만 먹어야지

자꾸 이것저것 먹으면 안 돼요

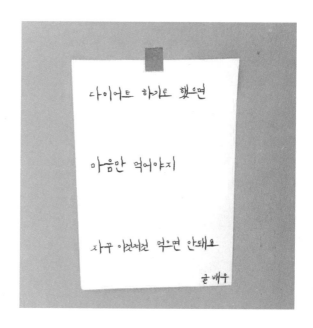

물고기는 물속에 있을 때 행복해 보이고
다람쥐는 산에 있을 때 행복해 보인다
그러니 지치고 힘들겠지만
많이 웃었으면 좋겠다
너는 웃을 때 제일 행복해 보이니깐

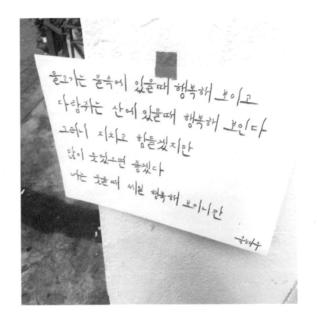

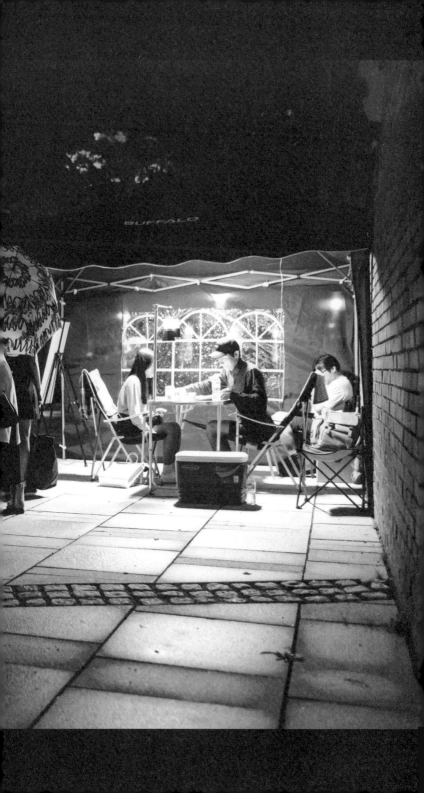

# 걱정하지 마라

발 행 일   1판 1쇄 발행 2015년 10월 1일
          1판 2쇄 발행 2015년 12월 25일
          1판 3쇄 발행 2016년 1월 25일
          1판 4쇄 발행 2016년 1월 30일
          1판 5쇄 발행 2016년 3월 23일
          1판 6쇄 발행 2018년 12월 20일

지 은 이   김동혁
펴 낸 이   손정욱
사     진   임도형·나영광
영 상 제 작   김지민
펴 낸 곳   도서출판 답
출 판 등 록   2015년 2월 25일 제 312 - 2015 - 000063호
주     소   서울시 용산구 효창원로 93길 4 8층
전     화   02 - 324 - 8220
팩     스   02 - 3141 - 4934

*책값은 뒤표지에 있습니다.

ISBN 979 - 11 - 954949 - 4 - 1

본 도서의 출간에 있어 도서출판 답은 레디벅의 김천일 대표님과
북피알미디어의 나영광 대표님께 특별한 감사의 마음을 전합니다.

이 도서의 국립중앙도서관 출판예정도서목록(CIP)은 서지정보유통지
원시스템 홈페이지(http://seoji.nl.go.kr)와 국가자료공동목록시스템
(http://www.nl.go.kr/kolisnet)에서 이용하실 수 있습니다.
(CIP제어번호 : CIP2015024228)